KB130338

나는 기억되고 싶다

목차

나는 기억되고 싶다

길

길은 많다.

하지만 내가 가고 싶은 곳을 모르겠다.

바다

물방울이 모여 바다가 되었나.

눈물이 모여 바다가 되었나.

만약 바다가 눈물로 이루어졌다면

우는 사람들이 안 아팠으면 좋겠다.

좋은점

점이 모여 선이 되었네

점이 좋아서 모였나

점이 모이라고 해서 모였나

중요한 건 점이 점을 모았다는 것이다.

이런 점은 좋은 거 같다.

점이 되고 싶다.

안개

내 삶은 안개

멀리 볼 수 없는 안개

뒤를 돌아보면 선명한 안개

앞을 돌아보면 희미한 안개

내 안개는 참 이상하다.

컵

담아 주어 고맙다

근데 그래서 힘들었구나

이기적인 내 마음은 물 같아

도가 지나쳤네

나도 알지만 이미 물은 넘치네

물이 컵을 담아 버렸어

미안해.

종이

하얀 너에게 내 색을 입혔다

거부할 수 없는 너

어느새 내 색은 나의 색과 섞여 다른 그림이 되었구나.

그 그림은 어떤 그림일까

나도 보고 싶지만 이미 다른 사람이 그리고 있네

더 잘 그릴걸

후회가 된다.

마음

모르겠다

나의 것도 모르겠고

너의 것도 모르겠다

나조차 날 모르는데

널 어떻게 알 수 있을까

일단 우리 대화를 하자

가지 마.

숫자

숫자,

내 삶에서 없으면 안 되는 것

3. 함께한 누군가들

2. 우리 둘뿐이었던 우리

1. 오직 나 혼자

0. 안녕이라는 인사

너

너가 "나 어느 정도 사랑해?"라고 묻는다면

나는 너에게 "나보다 좋아해"라고 말하고 싶다

너가 "내가 죽으면 어떨 것 같아?"라고 묻는다면

나는 너에게 "영원히 아파할게"라고 말하고 싶다.

너가 "나 어디 바뀐 거 없어?"라고 묻는다면

나는 "미안해"라고 말하고 싶다.

아파

아프다.

뭐에 상처 입었을까?

주먹? 발?

아니.

날 아프게 한 것은 그게 아니다.

말. 표정. 행동이 날 아프게 했다.

병 원

아픈 사람이 오는 이곳은 병원이라는 곳이라네요.

사람들의 표정은 가지각색이네요.

웃는 사람도 우는 사람도 무표정도 그냥 모든 표정이 아파 보여요.

미안해요.

그냥 내가 아파서, 내 눈이 이래서 모두가 아파 보여요.

사실은 내가 제일 아픈가 봐요.

의자

의자는 나를 편하게 한다.

하지만 의자는 날 좋아할까.

힘들어서 말을 해야 하는데 말을 못 하겠어서 말하지 않는다.

나는 의자를 앉고 의자를 나를 들고.

의자는 말하지 않는다. 용기가 없어서.

인사

안녕? 잘 가.

둘 다 인사지만 마지막은 하기 싫다.

너랑 있고 싶어서.

배려

괜찮아

걱정하지 마

괜찮아

배려하지 마

괜찮아

나는

괜찮아.

안경

투명한 것이 더 잘 보이게 도와주네

그래도 난 널 벗고 싶다

아무것도 보이지 않았던 세상은 너무 크다

나는 안경을 벗을래.

크다

나는 너가 너무 커서 무서웠어

너무 큰 너가 사라지면

그 공간은 비니까 무서웠어

그러니까 가지 말지

나는 텅텅 비어 버렸어.

태양

널 보면 빛이 나서 눈이 멀어 버릴 것 같아

그래도 너가 보고 싶어

눈이 감겨도, 감길지라도, 너가 보고 싶어

하지만 너가 보기 싫어.

웃울음

왜 나는 웃었을까?

나는 행복하지 않은데

아프고 아파서 그랬는데

티는 내기 싫더라

그래서 웃으며 울었나.

해바라기꽃

좋아서 너만 보았는데

자주 사라지는 너

그래도 너를 기다렸는데

이제 안 와

너는 안 와

나는 기다리고

넌 안 와

지금도.

바람

바람은 어디로 가고 싶을까

바람의 바람대로 가면 좋겠다

누가 날 위해 바람을 불어 주면 좋겠다

나도 바람이 참 많은데.

고층건물

높다

푸르다

네모

무너지면 좋겠다

그러면 다 아래서 있을 텐데

위에서 보지 마

부끄러우니까.

잠

자기 싫은데 자야 하고

자야 하는데 잠은 안 오고

그래도 필요한 너

잘 지내자 우리.

미안

미안해

내가 미안해

그 어떤 변명도 안 할게

내 잘못이고 내 책임이야

내가 많이 미안해

그리고 행복했으면 좋겠다

앞으로 많이 행복하길…

소망

그게 뭐라고 날 움직이게 하는지

그래도 있어 주니 좋은가?

모르겠다. 좋은지, 안 좋은지

그래도 있어 줘라.

바늘

너를 찌른 바늘

그럼에도 힘든 건 바늘

너 안에 있었는데

마음이 편할까?

아니

찌른 내가 더 힘들어

근데 미안해.

수감실

좁고 어둡다

그럼에도 편하다

하지만 지나치는 공간

다시 어디로 간다

적어도 앞으로는

좁고 어두워도

편했으면 좋겠다.

우울

그냥 우울

괜찮아

익숙해

그냥 삶의 의미가 없을 뿐이야

괜찮아

진짜야

근데 그래도 없어지면 좋겠다

왜냐고?

그냥 그런 게 있어

뭐라고? 말해 달라고?

음... 너 때문에?

사랑

어쩌면 우리의 사랑은 다를 거야

그래도 내 감정은 널 “사랑”이라 불러

너에게 말해 주고 싶다.

“사랑해”라고

그래도 괜찮을까?

구름

구름은 어디로 갈까

바람의 의지대로 가는데

괜찮나?

모르겠다.

하지만 중요한 것은 구름은

움직이고 있다는 것이다.

가만히 있는 것보다 좋다

목적지 없이 한번 가 보자

바람이 원하는 대로.

잔디

풍경을 위해 자라나던 생명을 죽인다

그중 살아남은 것은 잔디

더 자라고 싶지만 그러면

죽을 것을 알기에 자신의 성장을 멈춘다

잔디는 그렇게 살아왔고 앞으로도 그렇게 살 것이다.

독배

독을 품은 그릇

결국은 자신도 독에 중독되었구나.

화가

그리는 자

생각하는 자

표현하는 자

그들은 화가다

나도

삶을 그리고

삶을 생각하고

삶을 표현한다

나도 화가다

그리고 우린 화가다.

괜찮아

뭘 하든 뭘 했든 괜찮아 다만 내일의 너를 생각해 그럼 괜찮아.

노인

당신들이 쌓아 온 탑은 너무나 커 제가 상상을 할 수 없습니다. 그래서 저는 어쩔 수 없이 당신들이 쌓아 온 탑보다 한없이 작은 것들을 만들겠습니다.
앞으로 탑을 쌓을 수 있게 사람을 지탱하는 계단으로 말이죠.
그리고 만약 탑이 하늘을 넘는다면 그 풍경을 볼 마지막 사람 뒤에 서서 당신들의 뒷모습을 글로 그리고 싶습니다.
풍경을 보는 것이 아닌 노력한 당신들을 보고 싶어서 그래요.
분명 당신들의 뒷모습은 탑 위에서 보는 세상보다 아름다울 겁니다.

돌멩이

어느 정도의 충격은 괜찮지만 선을 넘는다면 깨질 겁니다.

그럼에도 돌멩이는 존재할 겁니다.

먼지가 되어도 어떤 것이 되어도 돌멩이는 존재합니다.

저 또한 같습니다. 아무리 깨져도 저는 존재합니다.

당신들도 같습니다. 우린 존재합니다.

자화상

거울 속 나는 어떤 표정일까요.

아마 분명 울고 있을 겁니다.

그럼에도 몸과 마음은 가벼울 겁니다.

모든 것을 이룰 거니깐요.

나는 행복해서 웁니다.

모든 것을 이뤘기 때문에요.

자람

나는 자라 무언가가 되겠죠.

괜찮아요.

전혀 무섭지 않아요, 오히려 두근거려요.

나는 알 수 있어요.

나는 앞으로 전과 비교할 수 없을 만큼 행복할 것임을.

죽음

나는 죽고 나서 남길 것을 고민했어요.

마치 호랑이가 가죽을 남기는 것처럼요.

하지만 아니에요.

내 생각이 틀렸어요.

나는 살아 있을 때 내 모든 것을 모두에게 남길 겁니다.

작고 작고 작아서 보이지 않겠지만 내 날개가 일으키는 바람은

분명 어마어마한 태풍이 될 겁니다.

그리고 죽음은 내가 남긴 것을 빼앗을 수 없을 겁니다.

그리고 당신들의 날개가 일으키는 바람 또한 내가 기억할게요.

그럼 죽음은 당신이 남긴 것을 빼앗지 못하겠죠.

우리 서로를 기억해요. 그러니 오래 살아요.

죽지 말아요.

말

말은 말처럼 빨라서 무섭다.

치이고 부딪혀서 아플까 봐.

하지만 아니었다.

나는 말 때문에 아픈 것이 아니었다.

말이 지나간 공간이 비었기 때문이다.

그러니 우린 빈 공간을 서로 채워 주자.

우리 서로 같이 살아 보자.

마구간

말을 모아 담는 곳.

그곳은 검정이다.

여러 색 말들이 섞여 검정이 되었기에.

하지만 마구간의 냄새는 차이가 날 것이다.

따스한 말이 차가운 말보다 많이 나기 때문이다.

조롱

웃기냐

그럼 나도 좋다

너가 웃으니 기분이 좋다

나도 같이 웃어 주마

한번 죽도록 웃어 보자고.

오후

시간이 지나 오후가 되었다.

그리고 또 시간이 지나면 밤이 된다.

그러면 하루가 다시 시작된다.

그럼에도 만날 수 있는 당신들이 있기에 나는 저녁을 좋아한다.

나는 당신들을 만날 수 있는 저녁 때문에 삶을 살아간다.

뜰

세상의 전부가 내 뜰인 줄 알았는데 아니었다.

모두가 보이지 않는 선으로 뜰을 가지고 있다.

그렇기에 내 뜰을 지키려면 남의 뜰을 지켜 줘야 한다.

나는 그것을 몰랐다. 그랬기에 앞으로 더 지켜 줄 것이다.

모두의 뜰을.

초하

이른 여름인 초하는 날 덥게 한다.

그랬기에 나는 땀을 냈다.

그래서 나는 과거에 초하가 싫었지만 이제 알 것 같다.

지금까지의 초하는 앞으로의 뜨거운 여름을 견디라고 준 판도라의 상자였다는 것을.

나는 초하에 대해 복잡한 생각을 하고 있지만 분명한 것은 초하는 무더운 여름을 이겨 낼 수 있게 했다는 것을 안다.

세상은 봄만 있는 것이 아니다.

목장

가두었기에 나가고 싶어 하는 것이겠죠

그렇기에 나는 그들을 가두지 않았어요

그랬더니 그들은 현실에 안주했죠

하지만 나가는 이들이 있었어요

그들은 항해사 같아요.

산

높고 높아 올라갈 수 있다고 생각하지 못했는데 올라가니 별거 아니더라
그 많던 높다고 생각한 벽이 너무 초라해 보인다
다음 산은 좀 더 쉽게 올라갈 수 있을 거 같다.

믿음

무언가를 강렬히 믿는다

믿으면 된다

믿으면 존재한다

존재했기에 믿는 것이 아니다

간절히 바랐던 것들이 모여 존재하는 것이다.

제주

홀로 있는 제주가 불쌍해 보였다

하지만 아니었다

제주 옆에는 여러 다양한 섬들이 있었다

나는 너무 멀리서 보았다

그렇기에 나는 앞으로 내 옆에 있는 것들을 자세히 볼 생각이다.

서설

서설은 상서로운 눈을 말한다

뭔 뜻일까

찾아보니 어려운 뜻이다

솔직히 지금도 잘 모르겠다

하지만 잘못하지도 부끄럽지도 않다

하지만 모르려고 하는 것은 부끄럽다

나는 서설의 뜻을 알아 가고 싶다.

시대

시대는 가지각색이다

그렇기에 나는 시대를 더 좋게 바꾸고 싶다

조금만 24시간을 이루는 시대의 1초라도 나는 좋게 바꾸고 싶다

부디 모두가 나 때문에 행복하기를.

풍경

멀리서 본 것이 가까이 본 것보다 못하다

다 보이기에 아름다운 것이지 가까이 가면 볼 꼴이 못 된다

그러니 멀리서 사람을 판단하지 말자

본인이 아니면 모른다

판단은 진짜 안 좋다.

전통

누군가 바꾸거나 만든 것

그렇기에 나도 바꾸고 만들려고 한다

썩은 것은 잘라 내고 좋은 것만 키우고 싶다.

혁신

새로운 것

하지만 조심스럽게 접근해야 한다

다수의 이익과 소수의 손해는 저울질하면 안 된다

그저 모두가 괜찮아하는 선택을 해야 한다

우리는 조정을 해야 한다.

사유

어쩔 수 없는 일

그렇기에 아쉽다

하지만 더 중요한 것이 존재한다

그렇기에 나는 선택한다.

확장

더욱더 넓게 만든다

그러면 무언가를 많이 할 수 있다

다만 원래 있던 존재를 배려하자

안 그러면 나였던 나가 사라진다.

미술

아름다운 것

그것을 더러운 마음으로 보는 사람이 있다네.

화제

불이 났다

활활 타오르는 불

하지만 금방 신경도 안 쓸 불

다른 더 큰 불이 세상을 장악할 테니

그럼 처음 난 불은 아무도 기억 못 할 것이다.

절구질

연속된 행위는 지루하고 재미없다

그럼에도 하는 이유는 맛있는 떡을 먹을 수 있기 때문이지 않을까?

노력은 참 맛있을 거 같다.

초가집

금방 무너질 것

금방 사라질 것

그럼에도 계속 생기는 게 무섭다

그게 무엇이든.

개나리가

강아지 새끼야 그만 짖자

나이도 어린 게

이제 그만해 그만 짖어

그게 규칙이고 전통이야.

라일락

달콤한 냄새는 날 취하게 하고

달콤한 노래는 날 취하게 하고

달콤한 선은 날 취하게 하고

달콤한 온기는 날 취하게 하고

달콤한 액체는 날 취하게 한다

달콤한 넌 날 취하게 한다.

배

배를 보면 마음이 아프다

가슴 아래 툭 튀어나온 배

언제 저리 커졌는지

시간이 지났음을 느낀다

어릴 때 난 꽤 말랐는데

이제는 비쩍 말라 버렸네

이런 날 누가 사랑할까.

사과

나의 붉게 변한 눈은 날 보고

나의 붉게 변한 귀는 날 보고

나의 붉게 변한 코는 날 보고

나의 붉게 변한 입은 날 보고

말한다

"미안해"

하지만 거울 속 나는 대답하지 않는다

오직 손목에서 사과가 조용히 떨어지며 맺을 뿐이다.

친구

진짜

매우

정말

많이

크게

넓게

높게

길게

마음

속에

있는

친구

이제

안녕

복숭아

물렁한

단단한

달달한

커다란

복숭아

별세계

별이 사는 세상

뜨겁게 자신을 태우는 세상

누군가 자신을 기억하기 위해

별은 자신을 크게 부풀어 태운다

아프겠지 그렇겠지 하지만

기억되고 싶기에 자신을 자해한다.

품

그곳은 따스한 비가 내리는 곳입니다

그곳은 따스한 눈이 내리는 곳입니다

그곳은 따스한 곳입니다

춥고 젖어도 그곳만은 따스했습니다

하지만 이제 그곳은 없네요.

생각

그곳은 무지개 많은 색이 있죠

무지개도 무지개 많은 색이 있죠

하지만 비가 내리고 무지개 많은 색이 생깁니다

하지만 아직 저는 바다입니다

땅이 되기에는 좀 오래 걸릴 것 같아요.

비둘기

좋다고 겁도 없이 가고

좋다고 맛있다고 먹고

좋다고 애교도 부리며

좋다고 짹짹 울어 보지만

결국 모든 사람은 저를 끝까지 사랑하지 않네요

나는 아직도 사랑하는데.

억세꽃

억새꽃은 억센 꽃

마음이 억센 꽃

하지만 억센 꽃은 초라해 보인다

강하기에 혼자만 있어도 괜찮다고 말하는 너는 초라해 보인다

사실은 손으로 잡아 뜯어도 뿌리째 뽑힐 넌 초라해 보인다

거울로 본 난 초라해 보인다.

나무

나는 죽어 목재를 남기죠

나는 죽어 무엇을 남기죠.

꿩

꿩 먹고 알 먹고

이득이다

하지만 꿩은 모든 것을 잃었다.

들판

초록 들판이 바다처럼 일렁인다

지평선 넘어 보이는 작은 배

배는 아슬아슬하게 쓰러지지 않고 앞을 향해 나간다

나는 그것을 보고 배가 지나간 들판을 걷는다

어...?

만났다

아...

앞으로 향한 것이 아닌 나를 향해 가던 것이구나

날 향한 배가 있구나

나는 그것도 몰랐네.

밤하늘

그려 본다

푸른색 물감

별과 은하수

바탕에 점만 찍으면 끝

하지만 아름다움이 있다

누구나 할 수 있는 아름다운 일

한번 같이 해 보자.

찾다

원하는 무언가

알지만 자세히는 모른다

모르기에 더 궁금하고 궁금하다

아름답고 따스한 것

그것은 마치 눈 같다

사람마다 두 개씩 있는 눈

나한테 하나만 뜯어 주기를

나한테 없던 두 구멍에 눈을 내려 주기를

그 눈은 분명 붉은 노을 같을 것이다.

고물

누군가 버린 것

하지만 누군가 구한다

그러니 무엇이든 없애지 말자

존재하기에 원하는 이가 있다

죽지 말자.

억새밭

억지로 날던 하늘은 이제 꿈이 되었다

날개를 뜯은 억지로 날던 새는 하늘이라는 밭에서 내려왔다.

산

산이 보고 싶다

하지만 앞은 산으로 막혀 산을 볼 수 없다

분명 보고 있는데 보고 있지 않은 거 같다

분명 같이 있는데 같이 안 있는 거 같다

산이랑 있으면 외롭다.

잔영

잔인한 영혼의 소유자

그가 지나간 곳은 아무것도 없다

하지만 잔잔한 영혼이 지나간 곳은 흉터로 남아 있다

날 왜 살렸지

날 왜 치료했지

남은 것은 흉터뿐

나는 잔잔한 잠을 원했을 뿐인데.

무제

이름이 없는 무언가

이름이 없기에 무제라는 이름을 지었다

나도 이름이 없기에 최건우라는 이름을 지었다

나는 내가 필요 없기에 무제라는 이름을 지었다.

사이

길이가 없다

닿아 있었다

옛날이야기다

아주 아주 먼 옛날의

햇빛

부담스러운 햇빛

모두가 날 보고 비웃네

나는 조명 아래 서 있는 광대

누군가 날 보고 속삭이고 웃으면 혹은 찡그리면 햇빛 아래에

있어도 춥다.

봄삐

유기견 보호소에서 널 보고 나온 날 나는 차를 타며 집으로 가고 있었어

그런데 하늘에서 비가 내렸어

그 비는 잔잔하게 내려 마치 하늘이 생명을 부여하는 것만 같았지

그리고 나는 생각했어

'나한테도 봄비가 내렸으면 좋겠다' 하고 말이야.

나는 그렇게 잠시 봄비를 보며 너의 이름을 정하려 했지만 도무지 마음에 드는 이름을 찾지 못했지

그래서 나는 잠시 이름 정하는 것을 멈춘 후 밖을 보았어

비를 보았어, 그리고 정했어, 너의 이름을 봄비라고

하지만 그날 하루가 지나야 데리고 갈 수 있다는 사실에 나는 너가 다른 사람에게 가지 않을까 무서웠어

그렇지만 우린 운명처럼 다시 만났고 연을 맺었지

그런데 너의 이름 '봄비'는 발음하기 어려웠어

그래서 너의 이름을 바꿨어

봄삐라고.

흑백

나는 흑백만 있는 줄 알았지만

그 사이에는 수많은 무한한 색이 있었다.

파도

“언제 멈추냐?”, “안 힘드냐?”라고 말했다

그러자 파도가 말했다

“재밌네.”

똥오줌

아, 좀 조절해 줘

너가 저지른 짓을 보면 머리가 아파

그러니 제발 좀 싸지 마

진짜 어떻게 복구할 거야.

금연

어렵겠지

그러겠지

하지만

난 끊었지

넌 못 끊냐?

쫄?

담배

왜 하냐

뻔히 안 좋은 거 알면서

너는 지킬 게 하나도 없냐

생각해 봐

너, 다른 사람, 다른 생명, 물건 등

그러니 하지 마라

그리고 적어도 너는 있으니 하지 마라.

휴지

흰 것에 색을 입힌다

그리고 다시 본다

우리도 그랬다

다만 붓과 물감이 달랐을 뿐.

엉덩이

엉덩이는 한 개일까? 두 개일까?

하나? 둘?

그런데 사실은 중요하지 않다

중요한 것은 시선을 바꿨다는 것이다

집중 좀 하자

산만하게 굴지 말고.

고흐

죽었다

오래되었다

비싸다

그림이

이야기가 있다

슬픈 이야기

그림을 산 후 이야기를 산다

그럼에도 본인은 죽었다

고흐가 되고 싶은가?

나는 되기 싫다

하지만 기억되고 싶다.

나는 기억되고 싶다

나는 기억되고 싶다.

당장이라도 죽고 싶을 때가 많지만 나는 기억되어야 한다.

내가 참았던 삶을 많은 사람에게 알리고 싶다.

그렇게 대견함과 칭찬을 듣고 싶다.

그래야 내 삶이 좀 가치 있어 보인다.

작가의 말

아무것도 이룬 것이 없는 제가 책을 만나 삶을 연명하고 있습니다.
상처받고 상처 주는 제가 많은 사람에게 좋은 영향을 주고 싶습니다.
이 시집에 있는 시들은 틀에 맞춰 있지 않고 그냥 차례대로 제가 쓴 시기별로 나열했습니다.
삶은 소나기 같기에 저 또한 기분에 맞춰 글을 써서 차례도 없지만 재밌게 읽어 주시면 좋을 것 같습니다.
자유와 평등. 저는 책을 읽을 때면 자유롭고 평등하다고 느낍니다.
부디 이 책을 읽을 때만은 근심, 걱정이 없었으면 좋겠습니다.
저를 살게 하는 사람들에게 고맙다는 인사를 하고 싶고 제가 상처 준 사람들이 행복하기를 빌고 싶습니다.
기억되고 싶습니다. 제가 살아 있다는 것을 모두에게 알려 주고 싶습니다.
기억하고 싶습니다. 모두가 살아 있다는 것을 제게 알려 주고 싶습니다.
그러니 저도 자살하지 않을 것이고 모두가 자살하지 않았으면 좋겠습니다.

아무리 비가 많이 내려 바다가 된다고 해도 한 번 정도는 땅을 딛는 날이 오기를. 저 또한 모두에게 빌고 싶습니다.

바라는 것이 많네요. 그래도 바라고 싶습니다.

마지막으로 다시 빌겠습니다.

한 번의 이상의 행복을 위해 우리는 죽지 말아야 합니다. 기다리면 그런 날이 올 수 있겠죠.

저도 기다릴 것이니 당신도 기다려 보기를. 세상은 너무 잔혹하지만 아름답다고 들었어요.

행복하지는 않아도 적어도 슬프고 우울하지는 않기를 빌게요.

우리는 기억되기 위해 살아야 합니다.

우리는 살아야 합니다.

그리고 저는 살고 싶습니다.

행복해지고 싶거든요.

같이 살아 봐요.

죽지 말아요.

나는 기억되고 싶다

1판 1쇄 발행 2024년 5월 17일

저자 최건우

교정 주현강 **편집** 윤혜린 **마케팅 · 지원** 김혜지

펴낸곳 (주)하움출판사 **펴낸이** 문현광

이메일 haum1000@naver.com **홈페이지** haum.kr
블로그 blog.naver.com/haum1000 **인스타그램** @haum1007

ISBN 979-11-6440-587-9 (03810)

좋은 책을 만들겠습니다.
하움출판사는 독자 여러분의 의견에 항상 귀 기울이고 있습니다.
파본은 구입처에서 교환해 드립니다.